BASTION

Psychografie

Christoph Sebastian Widdau

Bibliografische Information der Deutschen Nationalbibliothek:
Die Deutsche Nationalbibliothek verzeichnet diese Publikation
in der Deutschen Nationalbibliografie; detaillierte
bibliografische Daten sind im Internet über dnb.dnb.de
abrufbar.

Herstellung und Verlag:
BoD – Books on Demand, Norderstedt

ISBN: 9783757846466

INHALT

TEUFEL

„Von allen Teufeln, die mich hätten holen können, musst ausgerechnet du es sein", raunt der feiste Gast. Seinen massigen Schädel hat er auf dem behaarten Rücken der rechten Hand, die auf der linken rastet, abgelegt. Sein fleischiges Kinn wird vorgepresst. Vor ihm steht ein Speiseteller mit durchsupptem Allerlei. Ein Krug, auf dem Schaum klebt, verharrt auf einem bruchgeweihten Tisch. „Wirst ausgerechnet du es sein müssen", setzt der Gast nach, glotzend und flüsternd.

Ungelenk gebeugt wartet der Fette in einer finsteren Ecke der Gastwirtschaft. Der schweigsame Schenk mit dem Strichlippenmund ist klammheimlich geflohen. Nahebei spürt der Gast, der ohne Unterlass glotzt und flüstert, flüstert und glotzt, den Hauch keiner Seele. Der Feiste ist mutterseelenallein. Er sitzt. Er wendet sich nicht. Wendet er sich, dann kost ihn ein Ziegel.

Betagtes Rauchschwadenlicht lädt zum Dämmern ein. Zeiger schleichen ermüdend fort. Der Beleibte wartet nicht mehr. Er flüstert und glotzt nicht mehr in ein Nichts. Er fixiert den Schaum am Krug, den er noch nicht leert. Auf dem steinernen Boden, direkt unter seinem Plattfuß, liegt ein gerissener Herrenstrumpf, der einem Gast von gestern gehört haben muss. Das Relikt verstört den Fetten nicht. Er fragt sich nicht, warum dort ein Strumpf liegt, und er fragt sich nicht, warum jemand einen Strumpf hinterlässt. Nun trinkt er, nun isst er.

Ein Stoß frische Luft strömt hinein. Ein Greis, dessen wirres Resthaar von keinem Hut bedeckt wird, betritt die Gastwirtschaft. Gemächlich nähert sich der Alte dem Tresen, dessen Oberfläche ihm fremd ist. Noch ist nicht klar, ob er den Beleibten in der Finsterecke gesehen hat. Wie auf der Hut seiend, hält dieser den schweren Atem an und den Löffel fest. Der Strumpf verweilt. Der Feiste blinzelt nicht. Er ist konzentriert. Er verfolgt die Bewegungen des Alten genau.

Der Hutlose sieht den Fetten, lächelt kurz und schief mit seinen allerletzten Zähnen und setzt sich an den düsterbraun lackierten Tresen. Der Schenk tritt auf. Bei ihm wird ein Herrengedeck bestellt. Den teils verschlissenen Mantel zieht der Alte nicht aus. Den Schal legt er nicht ab. Stattdessen entnimmt er einer prall gefüllten Ledertasche eine Mappe mit allerhand Papieren, zupacken müssend, und blättert Seite um Seite so durch, als würde er eine bestimmte, die sich verbergen will, suchen.

Der neue Gast ist in seiner Aufgabe vertieft. Blatt um Blatt, Seite um Seite, unermüdlich. Minutenlang. Mit keinem Schluck unterbricht er sich. Die beiden Gläser ruhen. Dann ertönt ein Aufschlag.

Der Beleibte, der den Löffel hat fallen lassen, erhebt sich. Er reckt seinen schweren Leib mit kräftigem Ruck empor, rückt die von rissigen Trägern gehaltene Hose zurecht, nimmt seinen Regenschirm, stößt fast den Krug um, schiebt mit einem Fuß den Strumpf unter die Bank, auf der er saß, und atmet durch, tief ein, lange aus. Er nimmt in Augenschein, dass der Tisch nicht brechen wird, bevor er sich dem Tresen nähert.

Barsch spricht der Fette den Greis, der sich anschickt, sich weiterhin mit seinen Papieren zu beschäftigen, an. Der Alte blickt zaudernd auf, schaut dem Feisten ins Gesicht, grüßt höflich und widmet sich abermals seiner Aufgabe. Der Schenk reinigt wortlos ein Glas. Der Beleibte macht die Augen klein und zahlt mit passender Münze.

Als der Alte mit seiner schweren Ledertasche, sich auf den knochigen Beinen halten könnend und den Schal richtend, am späten Herbstabend die Gastwirtschaft verläßt, ist es weder kalt noch warm. Gegenüber, auf der anderen Seite des Weges, wartet der Fette, sich an einer verschmutzten Hauswand anlehnend.

Der Feiste eilt dem Hutlosen geräuschvoll entgegen, der, ihn angestrengt erblickend, nichts anderes zu sagen weiß als dies: „Mein Lieber, Sie sollten nach Hause gehen. Schnurstracks. Verzeihen Sie, dass ich das sage, aber Sie sehen nicht gut aus. Sie sehen sehr, sehr müde aus. Erschöpft. Sie sehen aus, als würden Sie gleich stürzen. Soll ich ein Taxi rufen lassen? Oder kann ich sonst etwas für Sie tun?" Für das Angebot dankt knapp der, von dem behauptet wurde, nicht gut auszusehen.

Für eine kurze Frist setzt Stille ein. Kein Nachtvogel singt, kein Rauch steigt, kein Fensterladen klappert. „Sind denn meine Papiere nicht darunter?", entfährt es dem Fetten unvermittelt, auf die Ledertasche des Alten zeigend. Der blickt den Fragenden verwundert an. „Wie bitte?" Das Gegenüber wiederholt. „Meine Papiere." „Nein, also Ihre Papiere sind bestimmt nicht darunter ... wieso sollte ich, von wem auch immer, irgendwelche Papiere haben?", stammelt der Greis, in dem Holzrahmen der Wirtschaftstür Halt suchend.

Der Feiste, dessen Augen zu bersten scheinen, setzt im drohenden Ton des nahenden Donners nach: „Ich dachte. Die Papiere. Sie wissen doch: Mein Name ist hier bekannt." Er lässt den Finger kreisen, mehrmals kreisen. „Ganz bestimmt nicht?"

Der Alte, die Ledertasche an die schwächelnde Brust pressend, weiß weder ein noch aus. Angsterfüllt blickt er nach links und nach rechts, doch niemand hat sich auf den Weg gemacht. Mutterseelenallein sind der Fette und er. Der Schenk hat die vergilbten Gardinen längst zugezogen. Die Fenster ringsum sind verhängt. „Bitte verzeihen Sie, Herr ..., doch ich muss rasch fort. Sie sehen nicht gut aus, wirklich nicht gut aus. Besser, Sie gehen auch. Bestimmt wird es auch noch regnen. Ihnen ... Adieu." Der Alte flüchtet. Abgang, flugs, in welche Richtung des Himmels auch immer – bloß Abgang.

Der Beleibte, dessen Fratze friert, bleibt zurück. Er rührt sich nicht. Im trüben Schein der gebrochenen Laterne vor der Gastwirtschaft harrend, blickt er der schweren Ledertasche, die in der fernen Engführung des Fachwerkspaliers verschwindet, hinterher. Noch wartet er. Dann öffnet der Feiste – obwohl es nicht regnet und nicht regnen wird – seinen durchfressenen

Regenschirm und raunt in einen tobenden Wind, der nicht geht und nicht gehen wird: „Von allen Teufeln, die mich hätten holen können, musstest ausgerechnet du es sein!"

EXEGESE

„Küss mich!"
      „Pssst! Nicht jetzt, nicht hier."

„Dann küsse mich dort!"
      „Pssst! Ich sagte doch: nicht hier."

„Wann wirst du mich küssen: jetzt oder dann?"
      „Dann, wenn ich dich erkannt haben werde."

„Wo wirst du mich küssen: hier oder dort?"
      „Das weiß ich dann, wenn ich dich erkannt
      haben werde."

„Ach, mein sich in den Schwanz Beißender: Du
müsstest mich küssen, um mich erkennen zu können.
Und dich. Ohne das Eine ist das Andere einfach nicht
zu haben. C'est la vie, mein Geschürzter."
      „Eine Verführerin bist du."

„Ich küsse dich, mein Erkennender – hier und dann
und jetzt und dort."
      „Wage uns ja ...!"

[LIPPENSCHLUSS – PAUSE]

„Beichte, Pönitent: War es so schlimm?"

„Es wird schlimm sein können."

„Glaubt wer, dass wir Sünder sind? Hat sich jemand unseretwegen umgedreht? Oder niedergebeugt? Traf uns ein Blitz?"

„Das sah ich nicht."

„War es dann so schlimm?"

„Wie sollen wir das wissen?"

„Hast du mich jetzt erkannt?"

„Wenn du mir nicht sagst, was zu sagen ist, dann fühlt es sich so an, als würde ich nichts erkennen. Ich irre und irre."

„Erträgst du uns?"

„Unverzagt. Doch mich, mein Lieb, wirst du nicht ertragen. Immerzu schnitzend, meine Kluge. Du erkennst, während ich hacke und schnitze, schnitze und hacke. Während ich schäle und schäle. Und du trägst."

„Deutest du?"

„Immerwährend. Ohne Unterlass. Bis du vertrieben sein wirst von mir."

DRUCKWERK

Ein Mann entschließt sich, ein Buch auf den Boden
vor seine Wohnungstür zu legen; am darauffolgenden
Tag ein weiteres. Nachdem er in Windeseile einen
Schmöker verschlungen hat, platziert er auch diesen
auf dem Boden. Nachdem er Tage für die Lektüre
einer Edition benötigt hat, legt er auch diese nieder.

Noch lassen sich die Druckwerke so stapeln, dass der
gebildete Stapel nicht in sich zusammenfällt. Er bildet
links und rechts von dem bereits gebildeten Stapel
zwei weitere, um den nun mittleren Stapel zu stützen.
Sicherheitshalber. Allmählich bildet er eine Vielzahl
einander stützender Bücherstapel.

Die alten Bücherregale, die sich im Wohnzimmer und
im Schlafzimmer, die ein und dasselbe Zimmer sind,
befinden, werden sich bald umfunktionieren lassen.
Nur noch wenige Gedichtbände stehen in ihnen, noch
eine Werkausgabe.

Der Mann ist erleichtert, als er vor den Bücherstapeln
steht, die ihm den Blick auf das versperren, was eine
Wohnungstür sein könnte. Zwischen und in den
Stapeln ist keine Dynamik.

Als man die Leiche des Mannes findet, wundert man sich über die Bücherstapel, die die Wohnungstür verbergen. Man ist, nachdem man monatelang nichts von dem Mann gehört hatte und es nicht möglich war, durch die Tür in das Innere der Wohnung zu dringen, durch deren großes Fenster in sie gelangt.

Durch das abermals geschlossene große Fenster der im Erdgeschoss liegenden Wohnung schauen nun Schaulustige. Ein Polizist bittet darum, sich von der Scheibe zu entfernen. Der Leichnam des Mannes wird rasch aus der Wohnung getragen, aus der Tür, mit den Füßen voran. Gut erhaltene Bücher werden gespendet, schlecht erhaltene entsorgt. Eine Frau mit einem Notizblock vermerkt: „Der Mann hinterlässt nichts. Vermutlich depressiv."

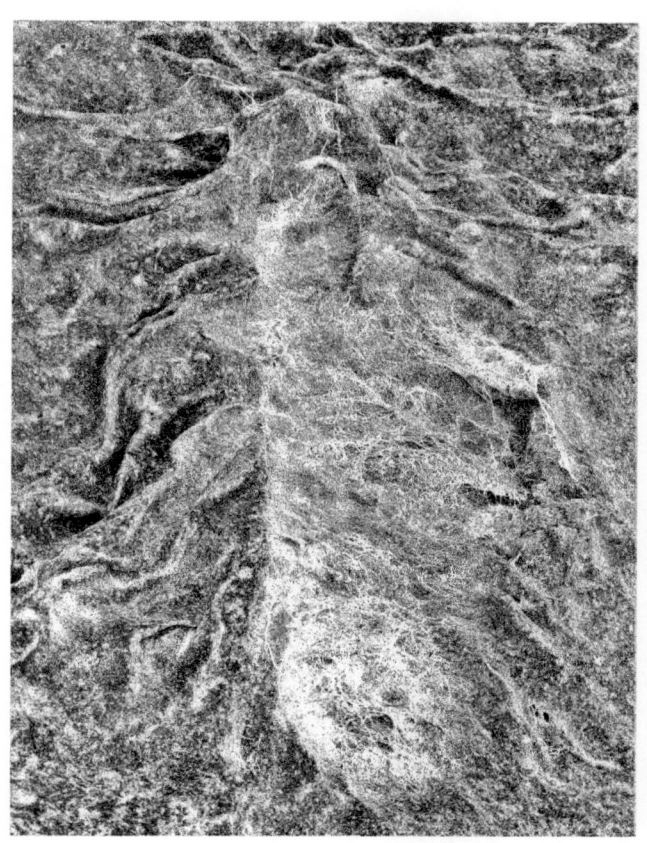

FRAGEBOGEN

1. Frage [geschlossen]:

   »Bewundern Sie diejenigen, die sich, bevor sie
   etwas im Munde führen, keinerlei Gedanken
   darüber zu machen scheinen, wer sie sind – ja
   oder nein?«

2. Frage [offen]:

   »Erörtern Sie: Warum behaupten die, die
   zwischen ‚wahr‘ und ‚falsch‘ unterscheiden
   könnten, dass ein Kindermund, der zwischen
   ‚wahr‘ und ‚falsch‘ nicht unterscheiden kann,
   immer die Wahrheit kund tut?«

3. Frage [geschlossen]:

   »Ist jemand, der nicht nach Macht strebt und
   der die Vögel des tanzenden Schwarms zählt,
   ein fauler Mensch – ja oder nein?«

4. Frage [offen]:

   »Erörtern Sie: Können Sie besser damit leben,
   unmittelbar zurückgewiesen zu werden oder
   können Sie besser damit leben, mittelbar zu
   ‚verpuffen‘?«

5. Frage [geschlossen]:
    »Haben Sie jemanden verachtet und ihm das
    Ableben gewünscht – ja oder nein?«

6. Frage [geschlossen]:
    »Wie oft wünschten Sie, eine Fremde zu
    umarmen – keinmal, einmal oder mehrmals?«

7. Frage [geschlossen]:
    »Wie oft denken Sie, dass Menschen, die
    miteinander sprechen, aneinander interessiert
    sind – nie, manchmal oder immer?«

8. Frage [offen]:
    »Erörtern Sie: Warum möchten Sie in sich
    zusammensinken und weinen, nachdem Sie
    sich in ein Einkaufszentrum verirrt haben?«

9. Frage [geschlossen]:
    »Wenn Sie sich aussuchen könnten, ob es
    einen Gott geben sollte oder nicht: Sollte es
    dann einen geben – ja oder nein?«

10. Frage [offen]:
    »Erörtern Sie: Warum genau ängstigt Sie
    Ihre Existenz nicht?«

FLACHWITZ

„Attention, ich synthetisiere!"

> „Das ist ja famos. Ich verneige mich. Das ist nichts als beeindruckend. Was synthetisieren Sie denn?"

„Das, was zu synthetisieren ist."

> „Ich verstehe. Und warum synthetisieren Sie?"

„Weil es zu synthetisieren ist. Durch mich, in mir. Ich innoviere disruptiv. A whole new world. Das begreifen Sie nicht, Sie alte Welt. Kontinent, Sie."

> „Weniger hätte ich von Ihnen nicht erwarten dürfen. Sie Wunderkind, Sie. Haben Sie auch alle Mittel, die Sie dafür brauchen?"

„Ich sagte doch bereits: Ich synthetisiere. Prometheus, unaufhaltsam, Feuer, Flammen, mein Feuer – Fire, Baby, fire!"

> „Dann müssen Sie wissen, was Sie tun. Sonst würden Sie nicht synthetisieren. Klar. Denn ein Schlingel sind Sie ja nicht. Neugierig bin ich aber ja schon: Wie nennen Sie denn das, was Sie da synthetisieren?"

„Olimpia."

„Olimpia?"

„Sagte ich."

„Prächtig, symbolträchtig! Größe, nichts als Größe. Denken Sie, dass Sie so synthetisieren können, dass Olimpia entstehen wird?"

„Woran ich denken kann, das kann ich auch schaffen. Weil ich daran denken kann. Wenn ich denke: Ich kann das synthetisieren, dann kann ich das auch. Das ist Imagination, Vision, Zukunft – alrighty?"

„Ich verstehe."

„Wurden Sie schon mal von einem Blitz getroffen?"

„Nein, Gott behüte!"

„Ich auch nicht."

„Dann gibt es einen Gott."

„Das ist nicht meine Schuld. Logisch unmöglich."

„Bestimmt nicht. Sagen Sie: Was genau soll Olimpia denn sein?"

„Ein besseres Sie."

„Ach, das wäre ja schön."

„Nötig. Ich synthetisiere, ich innoviere, ich evolviere."

„Ja, nötig, gewiss ... aber warum eigentlich?"

„Hatten Sie heute Autosex?"

„Ja, zugegeben ..."

„Sehen Sie?"

„Ja, ich verstehe. Aber lassen Sie mich doch einmal nachfragen: Was genau brauchen Sie denn, um Olimpia entstehen zu lassen?"

„Das wird sich fügen."

„Das wird sich fügen?"

„Wie sonst – was ist denn das für eine Frage?"

„Verzeihen Sie."

„Das war mir klar, Sie Bremse."

„Verzeihen Sie."

„Es wird sich fügen. Genügt Ihnen das nicht?"

„Doch, doch, wenn Sie es sagen. Weswegen sollte ich das in Zweifel ziehen, was Sie sagen? Oder besser: nicht sagen. Wann kann ich Olimpia denn benutzen?"

„Sie haben nichts begriffen."
„Nichts begriffen?"

„Sie bewegen sich eigenartig ..."
„Sie aber auch ..."

„Das sollte sich ändern."
„Muss es gar! Das verstehe ich."

„Ich sehe etwas!"
„Heureka. Was ist es?"

„Attention, ich flatuliere!"
„Ich gratuliere! Wo kann ich das kaufen?"

„Mission accomplished."
„Aber was ist nun mit dem Feuer?"

„Mit was?"
„Na, mit dem Feuer ... mit Olimpia."

„Ach ja. Attention, ich evolviere!"
„Mein Gott, ich verstehe."

SPRECHSTUNDE

„Eine Gefriertruhe?"

  „Eine große Gefriertruhe."

„Verzeihen Sie, anscheinend war ich abgelenkt. Oder schlichtweg irritiert. Das darf mir nicht passieren."

  „Wir alle machen Fehler. Ich melde nichts. Ich ziehe auch nichts ab."

„Könnten Sie mir die Filmidee nochmals darlegen?"

  „Es ist dunkel. Es wird allmählich hell. Die Kamera fängt eine schmucklose Wand ein. Vor ihr steht eine Gefriertruhe. Sonst sieht man nichts. Man hört nichts – keine Musik. Es tut sich nichts. Es gibt keine Kamerafahrt. Dann passiert es: Von innen wird die Truhe geöffnet. Ein Arm reckt ihren Deckel in die Höhe. Bedächtig erhebt sich ein Mann aus der Gefriertruhe. Er entsteigt ihr. Er geht auf die Kamera zu. Der Zuschauer sieht einen Mann, der so ähnlich aussieht wie Richard Burton. Ende. Trommelwirbel. Abspann."

„Ende?"

  „Und Trommelwirbel. Und Abspann."

41

„Haben Sie den Film schon getauft?"

„Natürlich: ‚Der Spion, der aus der Kälte kam.' Vor dem Film war die Taufe."

„Sie wissen, dass das weh tut."

„Willkommen in meiner Welt."

„Dann fangen wir an. Arbeiten wir mit dem, was Sie einbrachten: Wären Sie gern wie Richard Burton?"

„Nein."

„Wären Sie gern Richard Burton?"

„Wären Sie gern Elizabeth Taylor?"

„Nein. Aber ich ersinne auch keine Idee für einen Film, in dem Elizabeth Taylor eine Rolle spielt. Oder jemand, der so ähnlich aussieht wie Elizabeth Taylor."

„Haben Sie Angst vor Elizabeth Taylor? Oder vor Virginia Woolf?"

„Werden Sie nicht albern! Wovor haben Sie Angst? Haben Sie Angst davor, in einer Gefriertruhe verstaut zu werden?"

„Das vermag zu ängstigen. Doch deswegen kam ich nicht auf diese Filmidee. Glaube ich."

„Wovor haben Sie Angst?"

„Akut? Ich könnte gar nicht vernünftig mit Ihnen sprechen, wenn ich vor etwas Angst hätte – richtig?"

„Zugegeben. Doch bleiben wir bei der Gefriertruhe. Mir scheint, dass sie relevant ist."

„Wie kommen Sie darauf?"

„Gefühl, nichts als Gefühl."

„Filmreif. Und das lassen Sie zu?"

„Melden Sie mich?"

„Eiskalt, wenn Sie nicht fortfahren."

„Was fällt Ihnen zu Gefriertruhen ein?"

„Sie haben mich. In dem Haus meiner Eltern stand eine Gefriertruhe, die nicht bloß groß war, sondern riesig. In sie hätten Burton und Taylor gepackt werden können. Die Truhe stand in einem der Kellerräume. Sie war so lang, dass sie sich fast über die Länge einer Wand erstreckte. Sie war so hoch, dass ich mich als Kind auf die Zehenspitzchen stellen musste, um an alles heranzukommen, was auf dem eiskalten, tiefen Boden lag. Eine andere

Wand wurde vollständig von Regalen belegt. Konserven, so weit das Auge reichte. Eine dritte Wand – wieder nichts als Regale. Auch in ihnen nichts als Konserven, Gläser, Netze und Flaschen. Bestückt mit allerhand. Man hätte den Eindruck haben können, in einem gut sortierten Supermarkt, der ein Kellerexil fristet, zu stehen. Bitte erachten Sie meine Aussage nicht als unappetitlich: Im Kriegsfall hätten wir in diesem Kellerraum gut und gern eine ganze Weile überleben können. Mitsamt geflohenen Nachbarn."

„Wieso wurde der Kellerraum so eingerichtet?"
„Ich kann es Ihnen nicht sagen. Vielleicht, weil man den Kriegsfall nicht kannte? Wohl, weil es normal war?"

„Hatten Sie Angst davor, den Supermarktkeller zu betreten? Angst vor den Gerüchen? Der Menge?"
„An so etwas kann ich mich nicht erinnern."

„Die Gefriertruhe: Hatten Sie als Kind einmal Angst davor, in sie hineingezogen zu werden?"
„Anscheinend sehen Sie zu viele Filme, und zwar schlechte."

„Bringen Sie mit dem Kellerraum und dieser Truhe irgendein Gefühl in Verbindung?"

„Das Gefühl der Sorge."

„Das Gefühl der Sorge?"

„Diesen Einfall muss ich hinnehmen."

„Wie kommen Sie darauf? Man könnte doch genau das Gegenteil annehmen: Sie mussten nicht besorgt sein, weil es keinen Mangel gab. Ließ es sich nicht gut mit dem Bestand leben?"

„Ich versuche es so: Als Kind erspürte ich nicht, warum wir so viel verstauen mussten, verstehen Sie? Das Gefühl dafür war mir fremd. Der Grund dafür war mir fremd. Ich wusste nicht. Es war ein Zuviel. Als Kind konnte ich mir mit keiner Silbe sagen, dass mir das Sorgen bereitete. Aber so etwas – oder Ähnliches – muss ich empfunden haben. Mir war es als Kind fremd, in Gründen zu denken. Heute, rückwirkend, sollte man nicht klüger sein wollen, als man es war. Heute ist es so, dass ich an das Gefühl der Sorge denken muss, wenn ich an den Kellerraum denke."

„Und irgendwann waren die Vorräte weg, richtig?“
„Mag sein.“

„Und irgendwann war der Kellerraum weg, richtig?“
„Irgendwann ist alles weg.“

„Mehr noch: Das Haus, in dem sich der Kellerraum
befand, war weg, richtig?“
„Es steht nicht mehr.“

„Denken Sie heute, abseits unseres Gesprächs, an das
Haus, an den Kellerraum, an die Vorräte?“
„Nicht begrifflich. Ich könnte weder das Haus
noch den Kellerraum genau beschreiben. Ich
müsste zugeben: Schemen, bloß Schemen.
Skizzen, das ist es.“

„Denken Sie bitte noch einmal an das Haus, an den
Kellerraum, an die Gefriertruhe und an die Vorräte.
Auch wenn es bloß Schemen sind, die Ihnen hinter
die Augen treten: Was fällt Ihnen ein?“
„Dass nichts genügt.“

„Dass nichts genügt?“
„Wir stauen auf Zeit.“

„Vermissen Sie heute Haus, Kellerraum, Gefriertruhe und Vorräte?"

„Ich vermisse nichts davon, seitdem ich weiß, dass wir auf Zeit stauen. Ich sorge mich bloß, diffuser, als ich es sollte. Manchmal sollte ich denken: Nichts ist unsinniger, als auf Zeit stauen zu wollen. Da helfen keine Vorräte."

„Filme?"

„Nein. Gedichte – nein. Lexika – nein. Bilder und Statuen – erst recht nicht. Heimat – das ist eine Sache wie Gott. Doch wenn wir beide halluzinieren, Sie und ich, dann ist es schön. Es fühlt sich in keiner Faser so an, als würden wir stauen. Dafür danke ich Ihnen. Ansetzen am Schmerz, das ist es."

„Genügen wir einander?"
„Natürlich nicht."

„Sind Sie um sich besorgt?"
„Wäre das konsequent?"

„Wo stand das Haus?"
„In einer Stadt, in der ich einmal gelebt haben muss. Sagt man."

„Wo sind Sie?"

„Nur bei Ihnen. Musik und Augenwasser,
bitte!"

„Fürchten Sie, zu kalt zu sein?"

„Sie haben mich, abermals. Nun könnten Sie
mich zusammen mit Claire Bloom vom
Boden kratzen. Als liebender Spion an der
Wand verreckt. Wir haben es nicht über das
Regal geschafft. So clever ist keiner. Auch
wenn das ein billiges Ende für unseren
heutigen Film ist. Eine Allerweltspointe."

„Popcorn?"

„Und Ende. Und Abspann. Und Gott."

FRAGEBOGEN

11. Frage [geschlossen]:
    »Wie oft gelang Ihnen ein Kuss – keinmal,
    einmal oder mehrmals?«

12. Frage [offen]:
    »Erörtern Sie: Wäre es ein sicheres Anzeichen
    des politischen Fortschritts, wenn sich jeder
    Mensch als universell begabt und schöpferisch
    erachten würde?«

13. Frage [geschlossen]:
    »Irritiert es Sie, eine 13. Frage beantworten zu
    sollen – ja oder nein?«

14. Frage [offen]:
    »Erörtern Sie: Warum stoßen Sie Menschen
    ab, die sich wünschen, einen Wunsch frei zu
    haben?«

15. Frage [geschlossen]:
    »Wie oft hätten Sie Ihre Eltern gern beim
    Geschlechtsverkehr überrascht – keinmal,
    einmal oder mehrmals?«

16. Frage [geschlossen]:
    »Wie oft haben Sie sich gescholten, weil Sie
    die Beine einer Dame betrachteten, die Ihnen
    in der Bahn gegenübersaß – keinmal, einmal
    oder mehrmals?«

17. Frage [geschlossen]:
    »Was interessiert Sie in der Regel mehr: das
    Adjektiv oder das Substantiv, das hinter dem
    Adjektiv steht?«

18. Frage [offen]:
    »Erörtern Sie: Warum schaffen Sie sich
    nicht?«

19. Frage [geschlossen]:
    »Wenn der Topf aber nun ein Loch hat:
    Kochen Sie dann trotzdem mit ihm eine
    Mahlzeit – ja oder nein?«

20. Frage [offen]:
    »Erörtern Sie: Warum geben sich Menschen
    mit geborgtem Ausdruck zufrieden?«

ENTNAHME

Ihr in den Mund greifend, ertaste ich eine
Kapsel. Sie haftet an ihrer Zunge. Mit Geschick löse
ich das, was sie sich selbst peroral verabreichen wollte.
Die Inaugenscheinnahme der Kapsel nimmt einige
Zeit in Anspruch. Dann tanzt das verhüllte Präparat
auf einem Silberteller. Ich schaue ihr auf die Augen.
Sie blickt mich wehmütig an.

Ich schürze die Lippen und hebe die Brauen.
Sie weiß, dass ihre Schnute erneut zu öffnen ist. In
sie langend, ertaste ich eine Tablette. Sie steckt in
dem Zwischenraum zweier Backenzähne. Mit einem
kräftigen Zug gelingt es mir, die kleine Tablette zu
entreißen. Sie paart sich mit der Kapsel. Ich schaue
ihr auf die Augen. Sie blickt mich nicht an.

Abermals greife ich zu. In ihrem Mundraum
erfühle ich weitere Tabletten. Über den Rachen
gelange ich zu anderen Kapseln, teils halb zersetzte,
teils komplette. Ich entnehme und entnehme. Auf
dem Silberteller sammelt sich eine ungesunde Dosis.
Einen zweiten Silberteller muss ich herbeischaffen
und auf dem Tisch platzieren. Der erste fasst nicht
mehr, was ich ihr entnehme.

Ich wende meinen Blick nicht von ihr ab. Sie haucht einen Dank. Ihre Stimme ist zittrig. Sie erhebt sich und betrachtet zunächst den ersten Silberteller, dann den zweiten.

„Mussten es alle sein?", fragt sie. „Es mussten alle sein", antworte ich.

„Waren es alle?", fragt sie. „Es waren die, die ich entnehmen konnte", antworte ich. Sie zeigt ihr Gesicht so, dass es in einer Erzählung heißen würde, es zeichnet sich auf ihrem fahlen Antlitz der Anflug eines Lächelns ab.

„Dann ist jetzt alles gut, nicht wahr?", fragt sie. „Jetzt ist alles gut", antworte ich.

„Nimmst du mich jetzt ein?", fragt sie. „Jetzt nehme ich dich ein", antworte ich.

„Weswegen nimmst du mich erst jetzt ein?", fragt sie. „Weil ich die beiden Silberteller nicht fand", antworte ich.

„Du flunkerst", sagt sie. „Nicht mehr", sage ich.

SPRECHSTUNDE

„Sie wollten mir mir über ein Kindheitserlebnis reden. Ich höre Ihnen zu."

„Ich weiß nicht, wie alt ich war. Mal wieder. Was ich zu wissen glaube: In einigen Nächten meiner Kindheit schreckte ich aus dem Schlaf auf. Mich plagten starke Krämpfe. Die Waden krampften. An den Schmerz möchte ich mich nicht zu erinnern suchen. Um meine Eltern und die Kleine nicht zu wecken, biss ich die noch jungen Zähne fest zusammen. Bis die Kiefer zu schmerzen begannen. Dann wälzte ich mich solange in den Laken, bis ich das Zutrauen hatte, mich aus dem Bett erheben zu können. Ich tastete mich mit den kurzen Fingern an der blauen Wand entlang, an der das Bett stand. Von der Bläue sah ich in den Nächten nichts. Es war stockdunkel in dem Kinderzimmer. Nichts als ein Ertasten dieses Raumes blieb mir. So schnell ich konnte, wollte ich ihn verlassen. Ich wollte entfliehen. Doch ich fand die Tür nicht. Mir fehlte jede Orientierung. Ich war nicht gefangen in dem Raum, sondern in der Stockdunkelheit, in der sich ein Raum verbarg."

„Schliefen Sie in einem großen Zimmer?"

„Nein. Es war klein. In der Stockdunkelheit wusste ich aber nicht recht, wie klein es war. Von Wand zu Wand, von Schränckchen zu Tischlein tastete ich mich eckend voran, ohne einen Auslass zu finden. Es war so, als hätte das Zimmer keine Tür, keine Türklinke, kein Schlupfloch. Ich war ein Gefangener meiner Wade und einer der Stockdunkelheit."

„Was taten Sie dann?"

„Ich wusste mir nicht zu helfen. Irgendwann muss ich dann begonnen haben, gegen etwas mit den Fäustchen zu hämmern und den ein oder den anderen Schrei auszustoßen, denn nach einer Weile wurde von außen die Tür geöffnet und meine Mutter stand vor mir. Ihre Silhouette konnte ich erkennen."

„Was geschah dann?"

„Kein Schimmer."

„Wurden Sie getadelt?"

„Tadeln lag meinen Eltern nicht. Vermutlich wurde ich beruhigt. Mit kosenden Worten. Dann schlief ich."

„Wenn es heutzutage stockdunkel ist: Fürchten Sie
sich dann? Schmerzt etwas?"

> „Nein. Nachts spaziere ich leichtfüßig auf
> Friedhöfen, ohne einen Schrei ausstoßen zu
> müssen."

„Und in stockdunklen Zimmern?"

> „Schlafe ich selig wie ein Baby kurz nach der
> Geburt – so sagt man doch?"

„Das Haus steht nicht mehr. Das sagten Sie in einer
der letzten Sprechstunden. Richtig?"

> „Richtig."

„Denken Sie manchmal an Ihr Kinderzimmer?"

> „An die Laken."

„Die Laken?"

> „Ich vergrub mich in den Laken. Sie fühlten
> sich gut an auf der Haut. Sie waren rosa
> gefärbt. Ich machte mir daraus nichts. Ein
> mich besuchender Freund kicherte, aber das
> war egal, glaube ich."

„War Ihre Geburt eine leichte?"

> „Das war kein Thema am Esstisch."

„Sehen Sie heute noch die Silhouette Ihrer Mutter?"
„Nein."

„Setzten die Krämpfe nach der Geburt der Kleinen
ein, von der Sie sprachen?"
„Das würde Ihnen gut passen, nicht wahr?"

„Haben Sie eine Ahnung, warum Sie darüber mit mir
sprechen wollten?"
„Es fiel mir ein. Sense. Antikatharsis?"

„Sind Sie guter Dinge, dass uns Ihr Kindheitserlebnis
irgendwohin führen wird?"
„Nein. Wir tasten uns eckend voran, wenn es
angemessen ist, es so zu beschreiben."

„Wollen Sie, dass ich daraus eine Studie stricke?"
„Wenn es keine Studie über Hysterie ist,
dürfen Sie stricken und stricken. Und führen
Sie nicht alles auf meinen Geschlechtstrieb
zurück. Und lassen Sie möglichst Vieles offen.
Das entspricht uns mehr als das Gegenteil.
Zumindest in der Nacht. Denken Sie nicht?"

„Massieren Sie meine Waden?"
„Ich hülle sie in Laken."

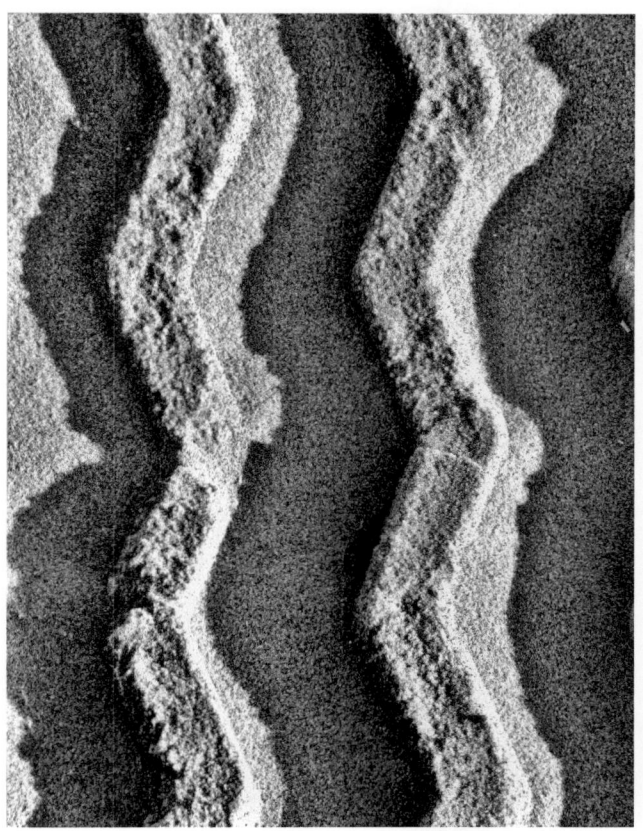

BETTLEKTÜRE

„Es ist viel zuwenig Platz im Bewußtsein. Man ist
festgelegt auf die Stelle, auf die die Schläge fallen."
Martin Walser: »Meßmers Gedanken« (1985)

„Es gibt keinen besseren Beweis für die schlechte [...]
Erziehung in einem Staat, als wenn nach bedeutenden
Ärzten und Richtern nicht nur die geringen Leute
und Handwerker rufen, sondern auch jene Männer,
die vorgeben, in freier Haltung erzogen zu sein."
Platon: »Der Staat« [Vretska-Übers.] (4. Jh. v. Chr.)

„Der größte Teil meines Lebens war den Jahren nach
zu Ende, und ich war mir klar darüber, daß eine große
Gutwilligkeit dazu gehörte, es als fruchtbar zu
erklären. Der Ausfall der meisten Leben verursachte
keine Störung, auch des meinen nicht [...]."
Gottfried Benn: »Weinhaus Wolf« (1937)

„Wir sind geboren, um tätig zu sein. Ich meine, wir
sollen nur immerzu tätig sein; der Tod soll mich
antreffen, wie ich meinen Kohl pflanze, unbesorgt um
seinetwillen und erst recht um meinen unfertigen
Garten."
Michel de Montaigne: »Essais« [Helbling-Übers.] (Ende 16. Jh.)

„In einer Welt, in der niemand mehr schuldig sein
will, in der die schändlichsten Verbrechen begangen
werden, weil sie angeblich entweder unvermeidbar
sind, um das Weltgetriebe in Gang zu halten, oder
notwendig, um die Veränderung dieses Weltgetriebes
herbeizuführen, in dieser ungeheuren Verfilzung aller
menschlichen Bestrebungen, in der sich ein jeder mit
der allgemeinen Ungerechtigkeit freispricht, verdient
einer, der sich schuldig spricht, [...] gefeiert zu werden."
Friedrich Dürrenmatt: »Die Panne« (1979)

„Einmal, als ich ins Wirtshaus kam, saß auf meinem
Beobachtungsplatz schon ein Gast. Ich wagte nicht
genau hinzusehn und wollte mich gleich in der Tür
wieder umdrehn und weggehn. Aber der Gast rief
mich zu sich, und es zeigte sich, daß er auch ein
Diener war [...]. »Warum willst du fortlaufen? Setz
dich her und trink! Ich zahl's!« So setzte ich mich
also. Er fragte mich einiges, aber ich konnte es nicht
beantworten, ja ich verstand nicht einmal die Fragen.
Ich sagte deshalb: »Vielleicht reut es dich jetzt, daß du
mich eingeladen hast, dann gehe ich«, und ich wollte
schon aufstehn. Aber er langte mit seiner Hand über
den Tisch herüber und drückte mich nieder: »Bleib«,
sagte er, »das war ja nur eine Prüfung. Wer die Fragen
nicht beantwortet, hat die Prüfung bestanden.«"
Franz Kafka: »Die Prüfung« (1920)

WANDERN

auf dem schmalen Weg, Dünenpflug, der keiner ist,
nur ein Streifen, keiner sein wird, Durchschrittenes,
mit der Ferse am Anschlag im Sperrgebiet – ach, hol'
mich der Teufel,

in der Ferne schon, tastend, spähend, im Spaliergang,
Leibschemen aus einem wunden Baum, ein Streifen
nur, unter allem eiligen Wolkenschweben, Munition
und Herzblut am Anschlag im Sperrgebiet,

ausweichen in Sträucher, als Probe, Testlauf, neben
allen Kiefern, die mit Vorsätzen stechen und stechen,
Dreizackige, aber lang noch nicht, nahend, auf dem
schmalen Weg,

Gestalt, Wuchs, als Probe, Testlauf, am Anschlag im
Sperrgebiet, Spechtschlag, Spaliergang, in der Ferne
noch, auf dem schmalen Weg, der keiner sein wird,
der keiner ist,

Windgang, Durchschrittenes, Schlagein, Schlagaus,
Tosendes, Wogenahnung, Spur des Wellenbruchs,
als Probe, Testlauf, stechen und stechen, gesittet am
Anschlag, der Testlauf ist,

Beerenrot, Gestalt, Wuchs, Schemen warst du, der
keiner sein wird, Durchschrittenes, von der See her,
Pupillenspritzer, Streifenpflug, Dünengang, den
Schuss nicht gehört,

des Eichkätzchens Sprung über den Weg, der kein
Weg ist, der schmale, den du öffnest in der Ferne,
Grenzgang, zugunsten des Leibes, Pupillenflug,
Dünenrot am Anschlag,

ausweichend in Sträuchern, Zickzack, ein Nahen, kein
Streifen, in der Nähe, nichtssagend, kein Weg, wo
auch immer, kein Blick, am Anschlag im Sperrgebiet,
von der Ferse pfeift's „Adieu"

SPRECHSTUNDE

„Sie befürchten, das Glas zu nehmen und das Getränk
in das Gesicht Ihres Gesprächspartners zu schleudern
– ‚schleudern‘ sagten Sie?"

    „Richtig. Gerade so, als würde ich Gefallen
    daran finden, eine Waffe einzusetzen. Obwohl
    es keinen Feind gibt. Obwohl es keinerlei Ziel
    gibt. Obwohl der Andere nichts tut, was mich
    veranlasst, ihm etwas entgegenzuschleudern.
    Ich habe nicht die leiseste Ahnung, warum es
    so ist – seit Jahren. Fast jedes Mal, wenn ich
    mit jemandem in einem Restaurant speise,
    denke ich, dass ich irgendwann während des
    Gesprächs langsam mein Glas erheben und
    mein Gegenüber nassmachen werde. Nicht
    aus Freude oder Wut, sondern schlicht, weil
    es geschehen MUSS. Ich sehe den harten Zug
    des Entsetzens im Gesicht vor mir. Ich sehe
    die Reaktion der anderen Gäste vor mir. Und
    ich höre mich sagen: ‚Ich weiß nicht, warum.‘
    So betrage ich mich nicht. Aber ich könnte
    mich so betragen. Verstehen Sie?"

„Darf ich ansetzen?"
    „Dafür zahle ich."

„Vor einigen Wochen berichteten Sie mir von einer Familienfeier, die vor etlichen Jahren ausgerichtet worden war. An einem milden Sommertag, in einem Dorf, Sie waren ein Jugendlicher – ein großes Fest, Sie erinnern sich?"

„Der Geburtstag einer Cousine. Madeleine. So hätte sie heißen können."

„Sie berichteten mir, dass Sie die Cousine – die wir Madeleine nennen könnten – nicht kannten. Genauer gesagt: dass Sie sie seit Kleinkindertagen nicht mehr gesehen hatten. Auch Onkel und Tante waren Ihnen bloß flüchtig bekannt. Ihre Eltern waren Gäste, die Kleine, wie Sie sie rufen, zudem weitere Verwandte, die man gemeinhin als ‚entfernt' bezeichnet. Es wurde üppig aufgetafelt an langen, überaus langen Tischen, sagten Sie."

„Anlasskontakte. Spaliere."

„Bitte schildern Sie erneut, was geschah."

„Das ist schnell erzählt. Die Feier begann am Nachmittag. Früh nahm ich mich des Weines an. Alt genug dafür war ich. Ich leerte ein Glas, dann noch eines. Recht rasch war ich nicht mehr vollends klar. Ich schwitzte. Ich fühlte mich nicht wohl."

„Und dann?"

„Ich sprach an einem der Tische über mich. Ringsum saßen nur Personen, deren Züge mir nichts sagten. Nein, ich sprach gar nicht über mich, ich sollte besser sagen: Ich sprach über das, was aus meiner Sicht relevant, wichtig, beachtenswert und haltbar ist. Ich okkupierte. Ich holte kaum Luft. Palaver. Quatsch. Zu laut. Zu viel."

„Sie sprachen über Kunst."

„Peinlicher noch: über wahre Kunst."

„Sie müssen lächeln?"

„Wenn ich daran denke, mich lächerlich zu betragen, dann muss ich lächeln. Sie bieten mir ja auch nur Kaffee an."

„Sie beschimpften die anderen Personen. Richtig?"

„Als Kretins. So, als hätte ich gewusst, was das bedeutet."

„Wieso das?"

„Weil sie nicht kannten, was ich kannte. Weil sie nicht schätzten, was ich schätzte. Das war bloß der Einakter. Der Monolog."

„Sie wissen, was ich jetzt sagen werde?“
„Wir kennen einander zu gut. Ich weiß es.
Ich halte mir die Ohren nicht zu.“

„Es war so, als hätten Sie den anderen Personen ein
Getränk in die Gesichter geschleudert.“
„Sie erfassen es. Meine Strategie ändert sich
nicht. Oder meine Taktik? Ich werde kein
Feldherr mehr in diesem Leben.“

„War es Ihnen peinlich, die anderen als ‚Kretins‘ zu
beschimpfen?“
„Schon im Augenblick, als ich das Fremdwort
ausstieß. Ungemein. Unter uns: Das tut weh.
Allein beim Zuhören.“

„Warum taten Sie es dann?“
„Um zu distanzieren. Bevor man über die
angemessene Distanz hätte grübeln können,
die man zwischen sich und mich bringen
sollte. Oder muss.“

„Um zu distanzieren?“
„So konnte ich auf Abstand halten. So war
ich von Anfang an unmöglich. Nicht erst
nach Wortwechseln, verstehen Sie?“

„Warum genau wollten Sie auf Abstand halten?"

„Schauspiel. Um nicht der Illusion zu erliegen, Fremdheit überwinden zu können."

„Hat Madeleine geweint?"

„Sie war keine Schauspielerin. Sie war klüger als ich. Frauen sind meistens klüger als ich. Lektion, Erfahrung."

„Kommen Sie näher, belehren Sie mich: Warum taten Sie es? Sie winden sich."

„Damit konnte ich den Abstand wahren, der nicht zu verkürzen war. Sowieso. Es war nicht das Schaffen einer Tatsache. Ich bekundete eine Tatsache. Stellen Sie sich vor, jemand hätte mit mir geredet – geradezu vernünftig, freundlich, selig, mit pseudohumoristischen Noten. Der Standard. Dann hätte sich dieser Jemand weggedreht. Weil auch dies üblich ist. Weil man einander in die Sinnlosigkeit stürzt. Weil man aneinander kein Interesse hat. Weil man dies eben tut. Weil es so ist. Diese Gepflogenheit wollte ich sprengen. Ich ersetzte ein Schauspiel durch ein anderes."

„Kindisch, nicht wahr?"

„Der Eingetaktete gibt zu Protokoll, dass er sich schuldig bekennt."

„Gehen Sie mit mir ins Restaurant?"

„Ich möchte Sie nicht nassmachen."

„Distanzieren Sie mich?"

„Unentwegt. Was machen Sie mit der Tasse?"

„Ich rücke sie bloß ein bisschen von Ihnen weg."

„Sie tragen ja auch ein weißes Hemd. Sie sind schon ein Fuchs!"

„Sie haben noch nie jemanden nassgemacht."

„Bloß simuliert."

„Das ist, was ich Ihnen mit auf den Weg geben kann. Auf den kurzen. Sie wohnen ja nahebei."

„Was geben Sie mit?"

„Dass Sie noch nie jemanden nassgemacht haben."

„Das ist mir bewusst."

„Ich bin mir nicht so sicher, dass dies so ist."

„Dafür sind Sie aber ganz schön teuer."

„Schlafen Sie gut."
　„Ich möchte noch nicht schlafen."

„Dann lesen Sie etwas."
　„Ich möchte nicht lesen."

„Dann schreiben Sie etwas."
　„Ich möchte nicht schreiben."

„Was möchten Sie tun?"
　„Sie umarmen."

„Das geht nicht."
　„Ich weiß."

„Das können Sie nicht."
　„Ich weiß."

„Sie könnten Madeleine anrufen?"
　„Wen?"

„Löschen Sie das Licht!"
　„Ich lösche."

„Jetzt nehmen Sie die Tasse!"
　„Ich nehme die Tasse."

„Schleudern Sie!“

    „Ich schleudere.“

„Und?“

    „Nichts. Kein Tropfen.“

„Sehen Sie?“

    „Wenn ich Sie nicht hätte.“

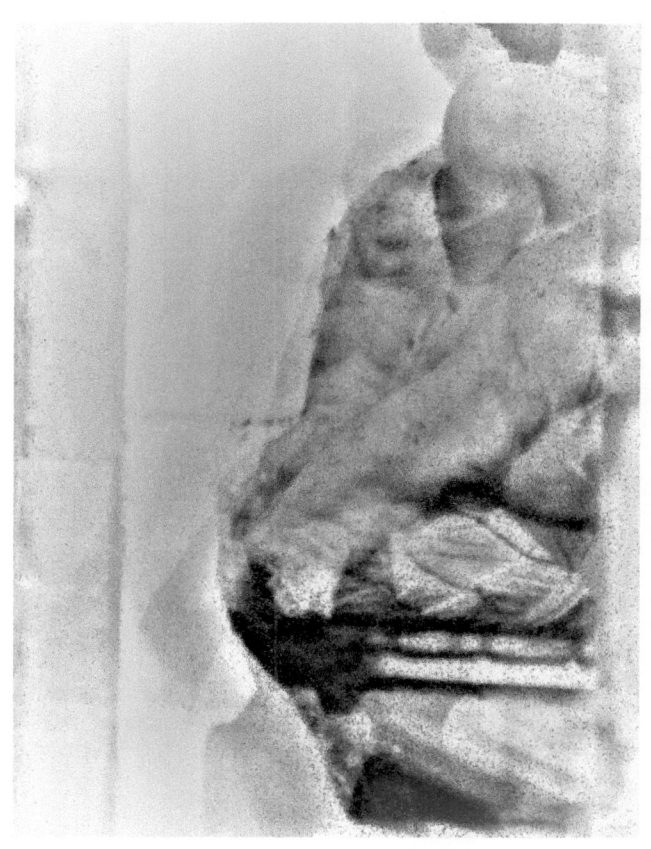

BASTION

Zuflucht der fallenden Feste, Reste
der Kindersucht aus Pech und Schwefel
fanfaren Missklang, Ordnungsfrevel
erzfrech in die Niemandsschlucht

Zucht der schnöden Gäste, Reste
der Schnickschnackwucht aus Ignoranz
trompeten Leerklang, Seichtbilanz,
Auslucht heißt ihr eure Bucht

Bastion der Lippen – Toreschluss,
Burggrabenwasser – Venenfluss,
bald schneiden Glieder, Zahn um Zahn,
zum Sinnensturz im Jemandswahn